# RÉSURRECTION

## du prophète

# ABRACADABRA.

# RÉSURRECTION

du prophète

# ABRACADABRA.

**NOUVELLE ÉDITION,**
augmentée d'un tiers.

## PARIS

ROZIER, ÉDITEUR.

**en vente**

CHEZ LES PRINCIPAUX LIBRAIRES DE FRANCE.

1842

# AUX OUVRIERS



## FAUBOURG SAINT-ANTOINE.

Lorsque se lèvera le soleil de justice,
Nous recueillerons tous les fruits du sacrifice
Que nos pères jadis ont achevé pour nous ;
En vain notre présent est-il terrible et sombre,
Comme un brillant éclair, la liberté dans l'ombre
    Fait pâlir nos tyrans jaloux.

Aussi voyez comment ils resserrent nos chaînes !
Voulant rendre pour eux les chances trop certaines
Ils veulent de leurs fers appesantir nos bras ;
Mais, comme SPARTACUS brisant son esclavage,
Nous leur rendrons un jour outrage pour outrage.
    Point de pardon pour les JUDAS !

Des lâches trop longtemps ont avili la France,
Nous sentons dans nos cœurs renaître l'espérance ;
En vain les rois ont fait du sauveur un bourreau.
Malgré tous les efforts d'une cohorte immonde,
Bientôt la liberté, pour régner sur le monde,
    Sortira du tombeau.

Des paroles du Christ, dangereux interprètes,
Quand vous verrez mentir les puissants et les prêtres
Osez leur rappeler que le Christ autrefois
Prêcha l'égalité; que sa noble doctrine
Lui valut comme à vous la couronne d'épine
    Et le supplice de la croix.

# POUR EN FINIR.

Pour en finir avec la révolution de juillet, qui l'a mis sur le trône, Louis-Philippe l'appelle un *ouragan*.

M. Martin (du Nord) fait des circulaires contre la presse, et ordonne aux préfets l'*épuration* du jury, c'est-à-dire le *triage* substitué au *tirage*.

Pour en finir avec la presse,

M. Dupoty a été condamné à cinq ans de prison, à la privation des droits civiques et à la surveillance de la haute police pendant toute sa vie, et cela pour un crime non défini, pour un complot de l'*intelligence*, une *complicité morale* (style Hébert).

Pour en finir,

Dans les dix-huit premiers jours de

l'an de *grace* 1842, la presse parisienne a été condamnée à 38,200 francs d'amende, sans compter la prison.

Pour en finir,

M. Lange Lévy a été condamné à 2,000 fr. d'amende et six mois de prison, comme complice *mécanique* du *Charivari*.

Pour en finir,

*Le National*,

*La Gazette de France*,

*Le Journal du peuple, la Mode*,

Et MM. Luchet et Souverain, vont passer aux assises pour délit de presse.

Pour en finir,

Nous ne parlerons pas de tous les procès intentés aux journaux de la province, car vraiment nous n'en finirions pas ; et, par le temps qui court et les réquisitoires qui pleuvent, nous pourrions bien finir par goûter à notre tour les petites douceurs du *système*.

Nous allons seulement tracer une esquisse de nos principaux hommes d'État.

# M. GUIZOT,

### Ministre des affaires étrangères.

La première apostasie de cet homme date du **20** mars **1815**, alors qu'il alla chercher la France à l'étranger, et qu'il insulta lâchement sa patrie dans l'*infâme pamphlet de Gand*. On le vit alors, instigateur des lois prévotales, souscrire et dicter les ordonnances homicides qui frappèrent Ney et Labédoyère, et proscrivirent les défenseurs du pays, même M. Soult qui est aujourd'hui son complice.

Plus tard, M. Guizot fut membre de la société *Aide-toi*, en 1830. Après avoir trahi les Bourbons, il trahit le peuple.

Ministre du 13 mars, il assista à la boucherie Transnonain, et envoya à Lyon *des ordres impitoyables*, fidèlement exécutés par son exécuteur des *hautes-œuvres*, le général Aymar.

En 1840 il a trahi la France, et M. Thiers en Angleterre et pour l'Angleterre.

*Le Journal des débats* lui a dit :

*Vous pourrez encore avoir notre appui, vous n'aurez jamais notre estime.*

L'*austère* M. Guizot a donné des places à tous ses parents et amis. Voici ce que dit de lui le biographe de *Je casse les vitres :*

« M. Guizot est orgueilleux comme

l'ange déchu de Milton, vindicatif comme Richelieu, rampant comme Wolsey, *délié* comme Dubois; il ne se donne pas la peine de cacher la haine qu'il a pour la révolution; il montre partout un esprit inflexible, une morgue pédantesque et un orgueil insoutenable; ses manières sont glaciales, et sa colère tient à la fois du tigre et du serpent.

« De tout temps, cet homme fut l'ennemi de son pays, le complice et le valet de l'étranger. En 1838, il s'écriait : *Il faut être impopulaire.* En 1840, il disait : *Je crains plus le dedans que le dehors.* En 1841 : *La paix partout, toujours.* Aussi, tandis que le pays le poursuit sans relâche des cris de *A bas Guizot! A bas le traître de Gand! A bas le ministre de l'étranger!* Les feuilles anglaises font son panégyrique, et lord Palmerston et sir Robert Peel le ploclament un grand homme. Oui, Grand par l'infâmie, comme *Isabeau de Bavière qui vendit la France aux Anglais,* comme *Geoffroy d'Harcourt qui combattit son roi et sa patrie,* et tous ces traîtres fameux dont l'histoire a conservé le nom et la honte. »

Le 20 janvier 1842, M. Berryer s'est écrié :

« J'ai défendu le maréchal Ney et les soldats qui avaient combattu pour la France à Waterloo, JE N'AI JAMAIS ÉTÉ A GAND ! ! ! »

Nous lisons encore dans les *Flèches* le passage suivant :

Du pouvoir de Guizot, la France est alarmée :
La France se souvient qu'à l'heure du danger
Guizot suivit les lys au camp de l'étranger,
Et depuis lors ce nom pour nous est un outrage ;

Ce nom comme un stigmate a sali cette page ;
Ce nom ira peut-être à la postérité.....
La honte peut avoir son immortalité !....

. . . . . . . . . . . . . . . . . . . .

Dans les mains de Guizot, la gloire s'est flétrie.
Les ministres ont tous forfait à leurs serments !
L'étranger les a vus mendier lâchement
Cette paix qui les sauve et qui nous déshonore ;
Cette paix qui flétrit l'étendart tricolore,
Ce sublime étendart que l'aigle impérial
Déployait du Kremlin au fier Escurial.

L'honneur de M. Guizot saigne par tous les pores. Cet homme n'a rien de national.

Pour en finir,

Avec un nom que nous n'écrivons qu'avec dégoût, nous allons citer le quatrain suivant :

Guizot est adoré de Peel et ses confrères ;
Mais l'admirer en France aurait quelque danger,
    Car aux affaires étrangères
    Il fait celles de l'étranger.

## M. LE MARÉCHAL SOULT.

Cet homme a gâté une des plus belles réputations militaires de l'époque. Proscrit dans les premiers jours de la restauration, pour s'être couvert de gloire à Toulouse, il osa renier ses lauriers, se faire l'ami des *chouans* et le porte-cierge de la branche aînée des Bourbons. On lui reproche un vice honteux chez un militaire, la *cupidité*. En Espagne, il fit des ordres du jour contre les pillards, et s'empara d'une grande quantité de tableaux de prix, les mêmes qui ornent encore sa galerie.

C'est lui qui n'a pas eu honte de dire à la tribune : *On m'arrachera plutôt la vie que mon traitement.*

Aujourd'hui M. Soult est un vieillard dont on se sert, mais qui est usé.

M. Guizot est de fait le président d'un ministère dont il n'est le chef que de nom.

Par respect pour sa gloire passée, nous ne dirons rien de plus.

## M. MARTIN (DU NORD).

Ancien avocat, M. Martin (du Nord) était, en 1814 et 1815, un dévoué serviteur des Bourbons. Ayant eu l'*honneur* de recevoir chez lui le *roi de Gand*, Louis XVIII, il recueillit précieusement des bribes de tabac, tombées du nez royal dans ses draps de lit plébéiens, les fit monter dans une bague, et les conserva comme des reliques. En 1830, M. Martin demanda la royauté pour le duc de Bordeaux; mais sa *constitution* de courtisan ne lui permettait pas une longue fidélité à la branche déchue; il se

rallia, et depuis c'est le plus infati-
gable persécuteur de la presse et le
plus grand ennemi de nos libertés.

M. Martin (du Nord) est digne
d'être en société de M. Guizot, ministre de la justice.

*Requiescat in pace.*

## M. DUCHATEL,
### Ministre de l'intérieur.

M. Duchâtel est un homme que la
nature a créé bon, et que M. Guizot
a rendu mauvais.

Il fait de l'*impitoyable* par système.
Il a été plusieurs fois ministre. Il est
cependant très mauvais homme d'É-
tat : c'est une machine dont M. Guizot se sert contre la France.

M. Duchâtel regrettera longtemps
d'avoir été le complice de l'homme *de
Gand*. Qu'il y prenne garde !

# PRÉDICTIONS EXTRAORDINAIRES

## D'ABRACADABRA

### pour l'an 1842.

*Air :* C'est la codaqui.

Le grand ABRACADABRA,
Qui s'adonne à la magie,
L'autre jour prédit cela
Près d'une nappe rougie :
« Mil huit cent quarante-deux
Verra les Français libres et joyeux,
GUIZOT aimera sa patrie,
Les vieux pairs seront gracieux,
Les gens du château seront généreux,
Et M. PAIXHANS sera courageux.

Bien que M. PAIXHANS ait été fort
prudent en **1812**, ce miracle n'éton-

nera pas, car M. Guizot, rougissant
de son voyage à Gand, fera publique-
ment amende honorable, et, pour racheter ses péchés, donnera sa fortune
aux pauvres.

Air : Du charlatanisme.

Soult nous parlera bon français,
Et Thiers aura du caractère ;
L'on ne fera plus de procès
Aux ennemis du ministère ;
Monsieur Mahul aura du cœur,
Et la Pologne assassinée
Dans le czar verra son vengeur ;
Girardin aura de l'honneur.
Mes amis, quelle heureuse année !     *Bis.*

Ce qu'il y aura de plus étonnant,
c'est que M. Soult restituera aux Es-
pagnols certains tableaux qui ornent
sa galerie ; le public oubliera qu'il eut
des velléités en Portugal, qu'il fut

l'ami des *Chouans,* qu'il se fit porte-cierge sous la Restauration, qu'il souscrivit au monument de Quiberon, et qu'il renia ses lauriers de Toulouse pour souscrire à la honte de la France.

M. DE GIRARDIN se fera frère de la Trappe, pour se punir d'avoir trop attrapé.

Cleemann sera honnête homme.

*Air :* Du charlatanisme.

HUMANN, renonçant à l'impôt,
Sera notre meilleur ministre ;
Le peuple, allégé du fardeau,
Verra fuir un destin sinistre ;
BASTARD dira la vérité ;
Du SYSTÈME, l'ame damnée,
PASQUIER, voudra la liberté,
Et DECAZES l'égalité.
Mes amis, quelle heureuse année ! *Bis.*

Il est vrai que ce jour-là M. ROTHSCHILD n'aura plus que des fonds de cu-

lotte, et qu'il demandera l'aumône...
à un poète.

Air : Des Chapons ( BÉRANGER ).

Exempts du triste embarras
De juger l'espèce humaine,
Les vieux pairs, dodus et gras,
Quitteront sans trop de peine
Les salles du Luxembourg,
    Leur tactique
    Politique,
Les lois faites à rebours,
Pour faire des calembours.

Ils iront aussi couronner des rosiè-
res dans la plaine Saint-Denis.

Air : La bonne aventure.

D'Aumale enfin trouvera
Princesse un peu mûre
Qui sans dot consentira
    Être sa future.
    La bonne aventure,
      Au gué !      } *Bis.*
    La bonne aventure !

Il est vrai que cette princesse ne sera pas reine d'Espagne, mais il faut espérer qu'elle appartiendra à l'intarissable famille des Cobourg.

Air : Allons, enfants de la patrie, etc.

Enflammé de patriotisme,
L'héroïque monsieur Molé,
Rompant enfin un long mutisme,
Las d'être aux grandeurs accolé,
Proclamera les droits de l'homme,
La réforme et l'égalité,
Et par ses soins la liberté
Ira du palais sous le chaume ;
Soldat républicain, il maudira Tarquin,
Jetant (*bis*) bien loin de lui son habit d'Arlequin.

C'est le même habit qui lui sert depuis si longtemps, et qu'il a retourné avec tant de facilité pour servir l'Empire, la Restauration et le Juste-Milieu. Il faut mieux tard que jamais. Cette conversion fera du bruit à Paris.

*Air :* Je n'ai plus peur de Croquemitaine.

Les députés refuseront
Les honneurs, les titres, les places,
Et pour le peuple tous voudront
Du CHATEAU braver les disgraces ;
Nos vieux renégats de quinze ans,
Voulant faire une fin honnête,
Cesseront d'être malfaisants ;
Les geôliers seront complaisants,
Et *la Presse* sera discrète.

On ne verra plus de députés tarifer leur vote, les pairs seront plein d'indulgence, et les directeurs de prison qui suivront l'exemple du directeur du Mont-Saint-Michel seront sévèrement punis.

## ON NE PARLERA PLUS DE
## M^me LAFARGE !!!

*Air :* Le bon Dieu s'éveillant ( BÉRANGER ).

Un jour GUIZOT se réveillant
Pour nous tous sera bienveillant,

Et du pouvoir las d'être maître,
Il enverra DELESSERT paître,
Lui disant que tous ses mouchards
Plus que lui-même sont caffards ;
Et du pouvoir s'il revient à la porte,
Je veux, mes amis, que le diable l'emporte,
Je veux bien que le diable l'emporte !

*Air :* Rira qui voudra, lalirette.

MARTIN (du Nord), en goguette,
Chantera la liberté ;
FULCHIRON sera moins bête,
Et QUESNAULT moins éhonté.
Tant qu'on le voudra, lalirette,
On imprimera, lalira ;
Tant qu'on pourra
On blaguera
LAVOCAT,
PANAT,
LADOUCETTE,
Tant qu'on le voudra, lalirette,
On s'en moquera, lalira.

Les *lois de septembre* seront brûlées
à la barrière Saint-Jacques par les

mains de l'homme rouge, tous les Parisiens illumineront.

Air : La catacoua.

De loüangeurs à tant la feuille
Le pouvoir pourra se passer ;
Les eunuques du portefeuille
N'oseront plus nous menacer ;
Guizot, nous disant ce qu'il pense,
    Aura raison,
    Cent fois raison,
Et l'on ne verra plus en France
Mettre la pensée en prison.

Les ministres du 29 octobre iront en chemise et la corde au cou supplier M. de Lamennais de sortir de Sainte-Pélagie.

Air : Eh! gai, gai, gai, mon officier !

Eh! gai, gai, gai, de profundis,
    On enterre
    Un ministère !
Eh! gai, gai, gai, de profundis,

Ét qu'il aille en paradis !

Puisqu'on ne revient guère
De ce charmant séjour,
La royauté, j'espère,
Devrait y faire un tour.

Eh ! gai, gai, gai, *de profundis,*
    Le roi règne,
    Qu'on le craigne !
Eh ! gai, gai, gai, *de profundis,*
Mais qu'il aille en paradis !

On pourra dire :

## VIVE LA LIBERTÉ !

Sans avoir l'air de dire une bêtise
et un non sens.

*Air :* La dot d'Auvergne.

Un ministère *dissous*
Est cher par raisons légitimes,
Car chez nous cinquante centimes
Font encor deux fois cinq sous,
    Deux fois cinq sous.
    Cinq sous          *Bis.*
Ne feraient que de l'eau claire,

> Cinq sous,        *Bis.*
> Pour Guizot dites *dissous.*

C'est un peu plus cher que cela ne vaut, puisque cela ne vaut rien. Mais on peut bien faire ce sacrifice pour s'en passer.

*Air :* C'est le roi Dagobert.

> En l'an quarante-deux,
> Montalivet, très courageux,
> Partout sera cité
> Comme ami de la liberté ;
> Le beau Fulchiron
> Sera fait baron ;
> On mettra cent fois
> La réforme aux voix.
> Quel bonheur !        *Bis.*
> J'aurai ma carte d'électeur.

Et j'en dégommerai des députés ! Plus d'Abraham Dubois, de Barbet, de Jobard, de Bugeaud, de Reynard, de Dejean, de Galos, de Poulle, de

Minaut, d'Hébert, de Nicod, de Pé-
tot, de Pitot, de Quesnault, de Ras-
taud, et de tant d'autres noms rimant
avec *fagot,* comme Guizot.

*Air :* Celui qui plie à soixante ans bagage.

Bons ouvriers dont le mince salaire
Ne peut servir pour apaiser la faim,
Sondant enfin votre-affreuse misère,
Nos députés vous donneront du pain. *Bis.*
Plus d'un tribun prendra votre défense,
En travaillant vous aurez quelque bien,
Et l'on verra, même des pairs de France,
Dire : Un ouvrier est un bon citoyen. *Bis.*

M. Sauzet lui-même sera le plus
chaud partisan de l'organisation du
travail; il combattra ce qu'il a défendu
jadis, ce qui fera dire aux plaisants :

C'est en vain que Sauzet du pouvoir se détache,
Il ne sera jamais un député sans *tache.*

*Air* : Lá codaqui.

La BOURSE ne sera plus
Pour les fripons un repaire ;
Réformant tous les abus,
On verra le ministère
En chasser les agioteurs,
Faire des procès à tous ces voleurs.
On instruira bientôt l'affaire,
Certes les témoins ne manqueront pas,
Et tous ces BOURSIERS, si dodus, si gras,
Seront à leur tour mis dans l'embarras.


On ne verra plus des ministres faire leur fortune en exploitant les *dépêches télégraphiques*. M. *** n'aura plus ni loge ni maîtresse à l'Opéra, M. N. sera moins arrogant, et le noble X., déjà enrichi par trois faillites, se fera marchand d'allumettes chimiques allemandes, tandis que son digne ami vendra des chaînes de sûreté.

Lorsque ces évènements arriveront :

M. Dupont ( de l'Eure) sera président du conseil des ministres et ministre du commerce ;

MM. Arago, ministre des affaires étrangères ;

Cormenin, ministre de l'intérieur ;

Lamennais, ministre des cultes ;

Thiars (le général), ministre de la guerre ;

Lalande (l'amiral), ministre de la marine ;

Laffitte, ministre des finances ;

Lagrange, ministre des travaux publics.

*Air :* Allons, enfants de la patrie.

Lorsque de *son* patriotisme
Le peuple français a douté,
Pour certificat de civisme
*La Marseillaise* il a chanté.      *Bis.*

La MEILLEURE DES RÉPUBLIQUES
Ne trouvera plus de jobards
Prêts à suivre ses étendards,
Même sur nos places publiques.
Courage, citoyens ! formons nos bataillons ;
Marchons !
Marchons !
Depuis dix ans, FRANÇAIS, nous reculons.

M. Jules Janin aura des convictions arrêtées, dira son chapelet et se servira des *indulgences* du pape. Je lui donne ma bénédiction.

# CROIX DU JUSTE-MILIEU.

Je      prédis
Et  je  dis
Qu'on verra
Tout   cela.
Français, vous pouvez tous renaître à l'espérance,
Dieu protége toujours le beau pays de France,
Et l'Évangile saint a prouvé bien des fois
Que ce n'était pas Dieu qui fabriquait nos lois.
Le   pouvoir
Veut   avoir
Pour raisons
Des bastilles
Et des grilles
De   prisons.
Il   aura
Tout   cela,
Et   par   là
Tombera.
*Alleluia!*

Après avoir fait la croix cabalisti-
que du Juste-Milieu, le grand ABRACA-

DABRA se gratta le front et médita longtemps sur ce qu'il allait prédire ; enfin,
saisissant une guimbarde, il prit l'air
inspiré de M. BERLIOZ et improvisa
une fantaisie diabolique dont le grin-
cement satanique aurait déchiré les
oreilles de l'auteur de *Benvenuto Cel-
lini* lui-même. Il me donna l'échantil-
lon d'un de ces charivaris organisés
que l'on nomme

## FESTIVAL.

Quand il eut fini son concerto, sa
voix fit entendre les paroles suivantes :

*Air* . La France ne périra pas.

L'Espagne enfin aura la paix,
Avec un gouvernement sage ;
Ses enfants auront le courage
De ne se plus vanter jamais.
Proclamant la fraternité,
Elle reverra dans ses villes

Les liens de l'égalité
Étouffer les guerres civiles,
   Les guerres civiles.
Seuls, les sots et les imbéciles
Regretteront la royauté.       *Bis.*

        *Air :* De la Cachucha.

C'est par la cachucha
Que la reine Christine,
A Paris, oubliera
Sa royauté divine.
Tra la la la, etc.

**Il est vrai que MUNOZ sera toujours là ; mais, hélas!!!**

       *Air :* Du fils du pape ( BÉRANGER ).

Munoz, lassé d'être fidèle,
Auprès des belles de Paris
Tous les soirs fera sans chandelle
Le devoir de certains maris
Si Christine se désespère
De le voir ainsi perdre tout son feu.
    — Ah! sacrebleu!
     Ah! ventrebleu!
   Soyez moins ardente, ma chère ;



2

Ah ! sacrebleu !
Ah ! ventrebleu !
Ou d'être moine je fais vœu.

Christine, désespérée, se jettera dans les bras de don Carlos, qui la rejettera dans ceux de sa vertueuse épouse, la princesse de Beira, laquelle lui arrachera les yeux, ce qui l'empêchera désormais d'admirer son Munoz.

*Air :* A genoux devant les pochards !

Nous verrons l'araignée anglaise
S'abîmer au milieu des flots,
Ne laissant rien, ne vous déplaise,
Que quelques obscurs matelots.
Toujours le roc de Sainte-Hélène
De l'Anglais dira les exploits.
Sur ce roc, pour servir sa haine,
L'Anglais fut l'instrument des rois. } *Bis.*

C'est vers le milieu de **1842** que doit s'accomplir cette prédiction. Un seul jour suffira pour venger le monde :

L'Angleterre sera engloutie!!!

Quelque temps auparavant tous ses monuments tomberont.

Wellington avouera que sans Blücher il aurait été vaincu à Waterloo.

Le ministère anglais restituera tout ce que le peuple anglais a odieusement volé.

Quand l'Angleterre aura donné tout ce qu'elle a, il lui restera encore des dettes.

On formera une maison de détention sur le modèle de Clichy, pour y enfermer les gouvernements en état de faillite frauduleuse.

Le gouvernement français fera

## BANQUEROUTE.

Ses gouvernants seront mis en prison. Pour racheter leur liberté, ils la donneront enfin à la France, qui, cette fois, la gardera.

L'Angleterre deviendra juste... un quart d'heure après sa mort.

Elle ne tiendra plus ce langage :

## L'ANGLETERRE, LA CHINE.

### L'ANGLETERRE.

Chine,
Ma Chine,
si tu ne prends pas mes produits,
De par ma carabine,
Sur toi je ferai feu !

### LA CHINE.

Eh ! quels sont vos produits ?

### L'ANGLETERRE.

De l'opium, de l'arsenic, du...

## LA CHINE.

Assez, assez ; je ne tiens pas à m'empoisonner.

L'ANGLETERRE, *couchant en joue la Chine.*

Il faut cependant que nous fassions affaire ensemble.

LA CHINE.

Pourquoi ne vous adressez-vous pas à la France, votre voisine ?

L'ANGLETERRE.

Elle a bien assez de poison comme ça.

LA CHINE.

Vous lui en avez donc beacuoup vendu ?

## L'ANGLETERRE.

Je lui ai fait cadeau de ma charte, mais sa constitution est trop faible; ce qui la ruine surtout, c'est ce que je ne puis pas dire.

### LA CHINE.

Tiens, et pourquoi?

### L'ANGLETERRE.

Parce que je ne tiens pas à ce qu'un Hébert me fasse un procès à la Dupoty.

### LA CHINE.

Quant à moi, je refuse de m'empoisonner; emportez votre opium, et donnez-le à la France.

### L'ANGLETERRE.

Le donner à la France!... Qu'en ferait-elle? N'a-t-elle pas déjà :

*La paix toujours* de M. Guizot,

Les cuirs de M. Souit,

L'*Arbogaste* de M. Viennet,

L'éloquence des pairs des centri-
votes, de M. Hébert,

Le *Journal des Débats*,

*La Presse* Blagardin de Saint-Bé-
rain de Girardin,

Le grrrrrrrand *Moniteur*, mieux
nommé le Grand-Menteur,

Le *Moniteur parisien*,

Le *Dix-neuvième Siècle*, qui mourra
sans avoir vécu,

La Chambre des pairs,

Les avocats-généraux,

Les officiers du château,

Et 399,000 plaies dont elle sera dé-
livrée en la présente année

1842?

Mais revenons à notre opium, ma Chine ; le voulez-vous ?

LA CHINE.

Non, mille fois non !

L'ANGLETERRE.

Nous allons nous fâcher ensemble !

LA CHINE.

Eh bien, fâchons-nous !

L'ANGLETERRE.

Prenez mon opium, ou je vous tue !

LA CHINE.

Que m'arrivera-t-il de mieux si je le prends ?

L'ANGLETERRE.

Vous mourrez d'une autre manière.

## LA CHINE.

Mourir pour mourir, j'aime autant vous tuer.

De là cette guerre que les Anglais ont terminée en enlevant *ses magots* à la Chine.

En 1842, la Chine reverra ses magots.

La France lui enverra quelques uns des siens, et les Chinois eux-mêmes diront :

OH ! LES VILAINS MAGOTS !

L'*Histoire des Crimes de l'Angleterre*, par M. Élias Régnaut, servira d'oraison funèbre à la perfide Albion.

Tout le monde achètera

## LES CRIMES CÉLÈBRES

D'ALEXANDRE DUMAS,

composés de romans en feuilletons, de drames désavoués, et autres rognures plus ou moins littéraires, qui, jusqu'à ce jour, trouvent une tombe chez l'épicier.

Les romans de l'éditeur LACHAPELLE auront toujours la même vogue :

25 CENT. LE DEMI-KILOGRAMME.

*Air :* Recommençous, recommençons.

Othon, monarque philhélène,
File un assez mauvais coton.
Des eaux d'Emps sa fidèle Hélène
Lui prédit un nouvel Othon.
A cette charmante nouvelle
Othon a pâli bien des fois.
Voudrait-il encor pour sa belle
Refaire une guerre de TROIS?

Car il paraît, d'après la chronique, que madame Othon Iᵉʳ aime beaucoup son mari, mais de loin.

Aux eaux d'Emps, l'épouse du nouveau Ménélas aurait pu avoir bien des Pâris.

Je prédis qu'en l'an de grace **1842** la Grèce sera dotée

D'un PRINCE ROYAL !

D'un PRÉSOMPTIF du trône !

Comme la Grèce est un royaume constitutionnel, il faut espérer que le grand Othon I<sup>er</sup> (je dis *grand* pour le flatter, car il est bossu) demandera à son bon peuple

UNE DOTATION !

Il s'en frottera le bec à la Nemours.

SA MAJESTÉ FLORESTAN I<sup>er</sup>,

ROI DE MONACO,

EX-FIGURANT DE L'AMBIGU,

cessera de mener une conduite am-
biguë et de frapper des sous qui ne
valent que **2** liards.

Le même jour et à la même heure,
M. Théophile-Absalon Gautier, grand
tapissier de la littérature parisienne,
offrira sa chevelure à Sa Majesté

DON CARLOS QUINTOS.

Sa Majesté catholique et dégommée
en fera des sous-pieds.

*Air commu.*

Leroy, célèbre pâtissier,
Fait tous les jours tant de brioches,
Qu'il faut bien le remercier,
Même quand il vide ses poches.
Mais maintenant, j'en suis bien sûr,
Grace à certaines amulettes,
Leroy, dont le talent est mûr,
Fera boulettes sur boulettes.

Leroy est un charmant pâtissier qui
demeure près des galeries Rivoli. Il

surpassera Félix, bien qu'il n'ait encore rien fait d'excentrique, et que ses brioches soient dans le juste-milieu.

Air : Un jour le bon Dieu s'éveillant.

Un recenseur bon Allemand
Fatiguait son tempérament ;
Il recensait par la fenêtre
Quelqu'un qui, loin de le permettre,
Fermant soudain son abat-jour,
Osa lui souhaiter le bonjour.
— Moi, recevoir des gens de votre sorte !
Allez, corbleu ! quittez vite ma porte,
Ou, pardieu ! le diable vous emporte ! »

En 1842, le recensement ne sera plus qu'un souvenir ; le nom de Humann remplacera celui de Croquemitaine et de Barbe-Bleue.

La bonne le fera connaître à son moutard.

# DONA MARIA

échangera son royal Cobourg contre celui qui, sous le nom d'Albert, fait le bonheur de

## VICTORIA 1ère,

### REINE D'ALBION.

Les Anglais, après avoir forcé les Chinois à acheter leur opium, les forceront encore à payer les frais de la guerre et à admirer

## Mlle RACHEL !

—Le jury continuera à condamner les voleurs et les assassins, et à acquitter les accusés politiques.

Il y aura une grande mortalité dans la Chambre des pairs; on la supposera causée par des indigestions de réquisitoires.

— Le duc de Bordeaux continuera à ne pas régner sur le trône de France.

— *La Quotidienne* continuera le livre de Jérémie.

— Le pape donnera sa bénédiction à M^me Hélène, qui traduira les œuvres du républicain Gessner.

— Tous les jeunes gens qui auront lu la spirituelle brochure intitulée *l'Adjudant-sous-Officier peint par les prisonniers de la salle de police* s'empresseront de ne pas aller grossir les rangs de l'armée*.

—Les *femmes de lettre* mettront l'orthographe.

* Prix : 30 cent. Chez Pɪʟᴏᴜᴛ et Cᶜ, 22, rue de la Monnaie.

Ris,
Paris,
De mes cris ;
Ris,
Paris,
Sous ton ciel gris.

Pour fêter sa dynastie
Sur ta carcasse rôtie,
Un roi qui mitraillera
Dansera
Et dira :
« Par mes bastilles,
J'ai fait connaître à ces drilles,
Qui me cherchaient des vétilles,
Que je suis aussi *barbon*
Et que mon canon
Est bon ! »

Diplomates
Acrobates
Sur leurs pattes
Tomberont
Et seront
Ronds.

Jeune rat
D'Opéra,
Dans l'ivresse
Ta sagesse
 Dira :
  Ah !

Ancelot
N'a pour lot
Que des luttes
Et des chutes
Aussi profondes que l'eau
De l'Artésien Mulot.

Au fier DUMAS, qui succombe,
COGNARD fait une hécatombe ;
Trubert sur Laurencin tombe ;
Dépagny sur eux retombe,
Faisant une catacombe
De l'Odéon, vaste tombe
Qui, pour les *chameaux* ouvert,
Représente le désert.

Othellos, brisez vos lames ;
Pour vous, plus de sombres drames ;
Désormais toutes les femmes,

Fidèles à leurs maris,
Seront douces.—Les réclames
Disparaîtront de Paris !

Les pairs
Verts
Seront
Bons ;
Leurs discours
Courts ;
Leurs gueuletons
Longs ;
Ils ne jugeront,
Ronds,
Que perdrix au riz,
Ris ;
Chapons
Et dindons
Bons.

Ris,
Paris,
De mes cris ;
Ton ciel gris
Éclairera tes débris
Frits.

L'étranger qui passera
Demandera
Si Paris jadis brilla
Là !

```
A B R A C A D A B R A
 A B R A C A D A B R
  A B R A C A D A B
   A B R A C A D A
    A B R A C A D
     A B R A C A
      A B R A C
       A B R A
        A B R
         A B
          A
```

# APPROBATION ET PRIVILÉGE.

Je déclare avoir lu cet ouvrage avec le plus grand soin; après quoi j'ai décidé que ce chef-d'œuvre ferait l'admiration de la postérité la plus reculée, et cela non seulement à cause de son esprit, mais par une raison qui n'admet pas de réplique : c'est que j'en suis l'auteur.

ABRACADABRA.

# DERNIÈRE PRÉDICTION.

Nos lecteurs liront dans quelques journaux :

« Rien de plus spirituel que le char-
« mant petit volume intitulé *Prédic-
« dictions d'Abracadabra.* ( Voir aux
« ANNONCES.) — Coût, 4 fr. »

« Parmi les meilleurs petits livres
« éclos à la suite des *Physiologies,*
« des *Guêpes* et autres in-32, nous
« devons citer les *Predictions d'Abra-*
« *cadabra.* Ce petit livre, qui devrait
« se vendre 7 fr. 50 cent., ne coûte
« que 50 cent. Tout le monde voudra
« se le procurer. (Voir aux ANNON-
« CES.) — Coût, 8 fr. »

Grace aux réclames, tous les Français sont libres d'avoir du génie. Prix
net : 2 fr. la ligne.

Notre excessive modestie nous
oblige de prier notre éditeur de vouloir bien ne pas nous élever trop haut,
de peur des accidents poétiques.

# TABLE DES CHANSONS.


Conseils d'Abracadabra . . . . . . . . . . . . . . . 39

Le Marchand d'habits . . . . . . . . . . . . . 41

Croyez encore à ce mensonge. . . . . . . . . . . 43

Les Regrets d'un soldat. . . . . . . . . . . . . 46

M. Plougoulm. . . . . . . . . . . . . . . . . 48

Les Brouillards. . . . . . . . . . . . . . . . . 50

C'est Guizot.. . . . . . . . . . . . . . . . 53

A M. Hébert. . . . . . . . . . . . . . . . . 56

Le Recensement, satire. . . . . . . . . . . . . 59

# CHANSONS

# ABRACADABRIENNES.

PAR

GEORGES-MARIE DAIRNVÆLL.

## CONSEILS D'ABRACADABRA.

*Air :* Des comédiens.

Hommes vendus à la sainte-alliance,
Vieux renégats qui trahissez toujours,
Le peuple enfin est las de sa souffrance:
Il se souvient d'avoir vaincu trois jours.

Il se souvient qu'à la place publique
Quand son bras fort mettait Charle aux abois,
Vous aviez dit : de notre république
La France enfin va recevoir les lois.

Il se souvient, vous oubliez peut-être,
Que, souverain, il connaît son pouvoir,
Et qu'il proclame à la face du maître
Que la révolte est souvent un devoir.

La liberté fait germer dans nos ames
Et le courage et le saint dévoûment.
Honte à jamais, honte à tous ces infâmes
Qui, sans rougir, oublient un serment !

Honte à Guizot saluant l'oriflamme,
Lâche insulteur de nos vaillants soldats ;
Honte à Guizot : dans son pamphlet infâme,
De Wellington il chantait les combats.

Honte à Guizot ! dans son ame flétrie
Il a gardé l'amour de l'étranger,
De l'étranger qui foulait la patrie
Abandonnée à l'heure du danger.

Honte à Guizot ! il accepte l'offense
Et nous insulte au milieu de Paris ;
Honte à Guizot : il désarme la France
Pour une paix dont la honte est le prix !

Hommes vendus à la sainte-alliance,
Vieux renégats qui trahissez toujours,
Le peuple enfin est las de sa souffrance ;
Il se souvient d'avoir vaincu trois jours.

# LE MARCHAND D'HABITS.

*Air* : Dans un grenier, qu'on est bien à vingt ans !

Depuis longtemps, dans l'état que j'exerce,
Je suis reçu dans nos plus grands salons ;
Plus d'un marquis fait aller mon commerce,
En me vendant vieux habits, vieux galons.
De m'enrichir je n'ai guère de chances ;
Hélas ! je vois s'amoindrir mes profits
Depuis que, sans rougir, nos excellences
A tout propos retournent leurs habits.

Monsieur Sauzet me donne sa pratique,
Mais ses habits ont perdu leur couleur ;
Ils sont tachés comme sa politique.
Ceux de Guizot sont comme son honneur.
De son manteau, content de se défaire,
Soult le vendit ; j'achetetai sans profits :
Depuis vingt ans ce manteau militaire
Recouvrait seul les taches des habits.

Monsieur Barrot, qui n'est pas sans reproche,
M'appelle un jour pour me vendre à bas prix
Tous les habits des membres de la gauche,
Graves bavards qui brillent à Paris.

Mais ces haillons en maintes circonstances
S'étaient usés, décousus et ternis ;
N'ayant, hélas ! ni couleur ni nuances,
Ils resteraient chez le marchand d'habits.

J'ai refusé cent fois la garde-robe
Du duc Descaze et de Montalivet,
De Pasquier j'ai refusé la robe :
J'ai trop perdu sur Dupin et Molé ;
De Girardin, dans une circonstance,
J'ai cru tirer de modestes profits :
Tout le savon qui se fabrique en France
Ne mordrait pas sur ces *gredins d'habits.*

L'étudiant me vend dans sa détresse,
Pour faire un punch, son dernier paletot :
Joyeux de vivre avec une maîtresse,
L'argent chez lui s'en va toujours trop tôt.
Il m'aime peu, mais cependant, en somme,
Il vient toujours augmenter mes profits ;
Et dit de moi : Bah ! ce n'est pas un homme !
Et qu'est-ce donc ? —C'est un marchand d'habits.

# CROYEZ ENCORE A CE MENSONGE

*Air :* Du charlatanisme.

Guizot, le soleil des Débats,
Vient encor de sauver la France
En s'abaissant bien bas, bien bas,
Auprès de la sainte-alliance.
S'il avilit notre drapeau,
A notre honneur toujours il songe,
Et, par un prodige nouveau,
L'étranger redoute Guizot.
Croyez encore à ce mensonge.               *Bis.*

Soult ne veut aucun traitement
Pour présider au ministère.
Il a fait généreusement
Plein abandon de tout salaire.
Pour lui la paix est un fardeau;
Malgré la rouille qui le ronge,
Il sort son glaive du fourreau
Pour nous venger de Waterloo.
Croyez encore à ce mensonge.               *Bis.*

Humann a des desseins secrets

Qu'aisément le bon sens pénètre :
Ce n'est que pour nos intérêts
Qu'il veut tout savoir, tout connaître.
Pour nous alléger du fardeau,
Dans de longs calculs il se plonge :
S'il allonge le bordereau,
C'est pour diminuer l'impôt.
Croyez encore à ce mensonge.              *Bis.*

Maître Martin ( pas l'ours du Nord )
Tient les plateaux de la Justice ;
Quoique myope, il se fait fort
Dans cet art d'être peu novice.
Méprisant la servilité,
Il veut enfin que l'on allonge
La chaîne de la Liberté,
Il proclame l'Égalité.
Croyez encore à ce mensonge.              *Bis.*

Contre des gens si vertueux,
C'est à tort que la France crie.
Soult est un homme généreux,
Guizot adore sa patrie.
Martin fera notre bonheur ;
Humann nous consacre ses rêves ;

Cunin-Gridaine est plein d'ardeur.
Le Pouvoir n'est pas corrupteur.
Croyez en bloc tous ces mensonges. *Bis.*

# LES REGRETS D'UN SOLDAT.

*Air :* Au revoir, Louise (PANSERON).

Simple soldat, sur mon lit d'agonie,
Je vais mourir; mais, fidèle au devoir,
Quand on osa me donner l'ordre impie
De faire feu, je bravai le pouvoir.
D'un seul regret mon ame est animée :
Je ne pourrai défendre nos drapeaux.
Ah! loin des rangs de notre brave armée,
Gens du pouvoir, choisissez des bourreaux. *Bis.*

Quand Palmerston, dans un discours infâme,
A Tiverton insulte à nos guerriers,
Des apostats le vieux zèle s'enflamme :
Ils sont jaloux de nos jeunes lauriers.
Quand par Humann la révolte est formée,
Lorsque le peuple est accablé d'impôts,
Oh! loin des rangs de notre brave armée,
Gens du pouvoir, choisissez des bourreaux. *Bis.*

Venant d'Afrique, où la valeur française
Sert à payer les croix et les rubans
De ces valets, qui, ne nous en déplaise,
Font à nos yeux métier de courtisans,
J'ai vu partout saluer un pygmée;

J'ai, malgré moi, lu des discours royaux.
Mais loin des rangs de notre brave armée,
Gens du pouvoir, choisissez des bourreaux. *Bis*.

Oh! mon drapeau, vieux talisman de gloire,
Auprès de toi que ne puis-je mourir!
La mort est douce au sein de la victoire,
Et la patrie alors vient nous bénir.
Mon vieux drapeau, reprend ta renommée;
Les vieux lauriers présagent les nouveaux,
Car, dans les rangs de notre brave armée,
L'œil du pouvoir cherche en vain des bourreaux. *Bis*.

# M. PLOUGOULM.

*Air :* **A genoux devant les pochards.**

Encor meurtri de sa défaite,
Tremblant de colère et de peur,
Plougoulm s'agite et s'inquiète,
Plougoulm se fait solliciteur.
Si, pendant l'émeute, il se cache,
S'il fuit, c'est au nom de la loi :
Puisque Plougoulm est humble et lâche, ⎫ *Bis*
Il peut fort bien servir le .... ⎭

Puisque l'on veut faire à la presse
Tous les jours de nouveaux procès,
Il faut que le pouvoir s'empresse
De trouver un homme à succès.
Qui peut mieux remplir cette tâche ?
Qui peut mieux retourner la loi ?
C'est Plougoulm ; il est humble et lâche, ⎫ *Bis.*
Et peut fort bien servir le .... ⎭

Plougoulm demandera les têtes
Des gérants de tous les journaux ;
Ce sont les plus belles conquêtes

De nos avocats-généraux.
Du pouvoir il sera la hache ;
Ah ! donnez-lui donc un emploi :
Puisque Plougoulm est humble et lâche, } *Bis.*
Il peut fort bien servir le ....

De Partarieu l'éloquence
Éprouva souvent un échec ;
Dans le procès fait à la *France,*
Il aurait dû clore le bec.
Moins maladroit, Plougoulm se fâche
Contre la raison et le droit.
Puisque Plougoulm est humble et lâche, } *Bis.*
Il peut fort bien servir le ....

Franck-Carré, qui fut un grand homme,
Est usé par messieurs les pairs ;
Et son réquisitoire assomme
Les innocents et les pervers.
A Plougoulm il faut que l'on tâche
De trouver enfin de l'emploi ;
A Toulouse il fut humble et lâche, } *Bis.*
Il peut fort bien servir le ....

# LES BROUILLARDS TÉLÉGRAPHIQUES.

*Air :* La meunière ( LOUISA PUJET ).

Le gouvernement monarchique
Veut le bien de tous les Français,
Car le recensement explique
Cet axiome avec succès.
En efforts Humann se consume,
Le patriotisme est criard,
Loin de vouloir notre fortune...
. . . . . . . . . . . . . . . .
Interrompu par le brouillard.
} *Bis.*

Monsieur Guizot en vain s'accroche
Tant qu'il peut au char du pouvoir ;
Les projets qu'il a dans sa poche
Peuvent fort bien le faire choir ;
Cependant son esprit se forme...
Mon journal, très grave bavard,
Dit qu'il demande la réforme...
. . . . . . . . . . . . . . . .
Interrompu par le brouillard.
} *Bis.*

Le grand ministre de la guerre,
Jean-de-Dieu se croit président,

Et Guizot lui dit, pour lui plaire,
Qu'il est même un homme important.
Comme une certaine grenouille
Nous verrons crever le vantard.
Son glaive tourne à la quenouille...
. . . . . . . . . . . . . . .
Interrompu par le brouillard.

Bis.

Le bon monsieur Cunin-Grigaine
Est un homme d'état parfait ;
Pour nous il épuise sa veine,
Et son pouvoir est un bienfait.
D'un pareil ministre la France
Est charmée à plus d'un égard ;
Il est notre unique espérance...
. . . . . . . . . . . . . . .
Interrompu par le brouillard.

B's.

Des prisons, des verroux, des grilles !
Vraiment, je suis émerveillé !
Et, pour voir bâtir les bastilles,
Bon matin je suis éveillé ;
J'applaudis de toute mon ame
Au municipal, au mouchard ;

Comme Odry j'aime le gendarme...  
. . . . . . . . . . . . . . . . .  
Interrompu par le brouillard.       } *Bis.*

Le digne Pasquier n'aurait garde  
De mal interpréter la loi.  
S'il changea souvent de cocarde,  
S'il vendit empereur et roi,  
Le plus fort est seul légitime,  
Quand même il serait bâtard.  
La trahison n'est plus un crime...  
. . . . . . . . . . . . . . . . .  
Interrompu par le brouillard.       } *Bis.*

Le *système* est *cher* à la France;  
Le trône est partout adoré;  
Christine est pleine d'innocence;  
Martin (du Nord) est vénéré;  
L'Angleterre est notre vassale;  
Le pouvoir est généreux, car  
La justice est pour tous égale...  
. . . . . . . . . . . . . . . . .  
Interrompu par le brouillard.       } *Bis.*

# C'EST GUIZOT.

Air : C'est l'amour.

C'est Guizot, toujours Guizot,
  Qu'en ronde
  Le peuple fronde.
  Qui mérita le fagot?
  C'est Guizot, c'est Guizot!

Qui jadis vint trahir l'empire,
Et, complice de Talleyrand,
A tous nos malheurs vint souscrire
Dans l'infâme pamphlet de Gand,
Disant que la couronne,
Même auprès des Anglais,
Au bon citoyen donne
Un nouveau sol français?

    C'est Guizot, etc.

Qui vint de mesures brutales
Chez nous autoriser l'emploi?
Qui forgea les lois prévotales?
Qui condamna de par le roi?

Qui soutint l'oriflamme
Que portait l'étranger?
Qui fut assez infâme
Pour fuir lors du danger?

C'est Guizot, etc.

Qui dans la honte s'enveloppe?
Qui dégarnit nos arsenaux?
Qui par les ordres de l'Europe
Fait désarmer tous nos vaisseaux?
Qui vend à l'Angleterre,
Sans remords, sans pudeur,
De notre France altière,
Et la gloire et l'honneur?

C'est Guizot, etc.

Qui donc voudrait courber la presse
Sous les fers les plus écrasants?
Qui règne à force de bassesse?
Qui renia mille serments?
Du code de septembre,
Qui réclame les lois?
Pour elles, à la chambre,
Qui fait glapir sa voix?

C'est Guizot, etc.

Qui d'une certaine princesse (1)
Écoute les avis trompeurs?
A ses genoux qui se confesse?
Et qui prend des airs séducteurs?
De la diplomatie
Qui vend tous les secrets?
Qui vendrait la patrie
Et qui n'est plus Français?

    C'est Guizot, toujours Guizot,
      Qu'en ronde
    Le peuple fronde.
    Qui mérita le fagot?
    C'est Guizot, c'est Guizot!

(1) Nos lecteurs nous sauront gré de ne pas nommer
M <sup>me</sup> la princesse de Liéven.

# A M. HÉBERT,

PROCUREUR GÉNÉRAL.

*Air à faire.*

J'étais enfin las de médire
Et je goûtais un doux repos,
Quand le souffle de la satire
Vint interrompre mes travaux.
Déjà mon pâle front se ride
Sous les efforts de la raison ;
Hébert parle, je me décide :
Son discours vaut une chanson.

    Eh ! allez donc !
    Pérorez donc !
Car vous êtes digne d'éloges...
    Mais des loges
    De Charenton.

A la cour des vieux pairs de France,
Hier, votre discours marquait
Qu'en attaquant l'intelligence,
Cher Hébert, elle vous manquait.
De Marchangy prenez le rôle.
Un procureur, devant les pairs,
Serait, ma foi, trouvé bien drôle

S'il ne pérorait à l'envers.

Eh ! allez donc, etc.

L'escamotage politique
A bien servi votre projet ;
Votre réquisitoire explique
Que vous émargez au budget.
Prouver que l'on est régicide
Quand on aime la liberté,
Certes le trait était perfide,
Et par malheur, il a porté.

Eh ! allez donc, etc.

De votre grotesque éloquence
Si longtemps le public a ri,
Le *Moniteur,* en récompense,
Vous servira de pilori.
Nos enfants sauront votre histoire,
Et vous dînerez au château,
Où jamais pareille mâchoire
N'a mangé sa part du gâteau.

Eh ! allez donc, etc.

De Bellart suivez bien l'exemple ;
Le pouvoir de vous a fait choix ;

La royauté, qui vous contemple,
Demain vous donnera la croix,
Et, grace à ce réquisitoire
Dicté par l'austère Guizot,
Elle prépare votre gloire,
Et nous préparons un fagot.

Eh! allez donc!
Pérorez donc!
Car vous êtes digne d'éloges…
Mais des loges
De Charenton.

# LE RECENSEMENT.

—

SATIRE.

—

Avant quatre-vingt-neuf, pendant treize cents ans,
Le peuple a supporté le joug de ses tyrans ;
Des nobles et des rois, au gré de leur envie,
Ont disposé de l'or de la France asservie.
Le peuple, qui servait à faire des soldats,
Voyait en vain ses fils tomber dans les combats,
Il demandait en vain sa part de la victoire :
Les grands à leur profit confisquèrent sa gloire ;
La noblesse insultait à l'habit plébéien ;
Le prince eut des sujets et pas un citoyen.
Le roi remplaçait tout !... La nation française
Ne date pour nous tous que de quatre-vingt-treize,
Lorsque la Liberté, sortant de son tombeau,
Remplissait de ses feux l'ame de Mirabeau,
Et qu'enfin s'éveillant, le Lion populaire
Fit trembler le vieux monde au cri de sa colère,

Aux monarques ligués fit connaître sa loi,
Leur jetant pour cartel une tête de roi.
La révolution, Protée insaisissable,
Marcha pendant dix ans sur une mer de sable.
Glorieuse et coupable, unissant dans sa main
Le glaive du vainqueur au fer de l'assassin,
Elle enveloppa tout dans sa haine profonde,
Et l'esclave Vendée et la libre Gironde;
Puis, terminant ses jours de gloire et de terreur,
Elle prit pour linceul un manteau d'empereur.

L'empire s'éleva, Paris remplaça Rome,
Et l'Europe s'emplit de la gloire d'un homme;
D'un homme qui, plus grand qu'Alexandre et César
Sur l'Europe planta son magique étendard,
Et nous aveuglant tous de sa gloire splendide,
Blessa la Liberté d'un poignard parricide.

Puis, sous son blanc linceul et ses fers écrasants,
La France des Bourbons dormit pendant quinze ans
Son réveil fut pour elle une lutte héroïque;
Elle prit le drapeau de notre réqublique,
Et, se ressouvenant des luttes d'autrefois,

Se tint prête à chasser les phalanges des rois.

.   .   .   .   .   .   .   .   .   .   .   .   .   .   .

Hélas, depuis ce jour, dix ans nous ont appris
Ce que coûte à la France une paix à tout prix.
Combien avons-nous vu de ministres serviles
Rallumer le volcan de nos guerres civiles ?
Provoquer le pays, et, le fer à la main,
Oser nous menacer d'un nouveau Transnonain !
Et combien de préfets, instruments trop dociles,
Ont, pour plaire au pouvoir, ensanglanté nos villes !
C'est Mahul à Toulouse, et Dubantel à Foix.
Le peuple qu'on opprime élève en vain la voix,
Il n'inspire au pouvoir que de faibles alarmes :
Le peuple n'est compris que quand il a des armes.
Et, comme le plus fort de tout temps eut raison,
L'homme de l'étranger règne par le canon.
Mais, non content d'avoir le budget en partage,
On veut du nom d'impôt décorer le pillage,
Et le recensement, par Humann inventé,
Nous ravit à la fois argent et liberté.
La France s'en émeut, partout elle proteste ;
Mais, loin de renoncer à son dessein funeste,
Humann, le compagnon du vautour arrogant,

Ose dire aux Français : Votre or, ou votre sang
Cet or, nous serions fiers de le donner encore,
S'il fallait, relevant l'étendard tricolore,
Châtier l'étranger de sa témérité,
Combattre pour la France et pour la liberté.
Notre sang coulerait encor pour la patrie,
Pour la noble couleur que vos mains ont flétrie;
Mais à vos lâchetés nous refuserons tout,
Et nous ordonnerons, la voix haute et debout.
C'est assez vous jouer de la valeur française...
Nos pères ont prouvé, lors de quatre-vingt-treiz
Que le peuple n'était vraiment un souverain
Que quand il paraissait un mousquet à la main.

Oui, nous refuserons de vous donner encore
Cet or que tous les ans un gouffre impur dévore,
Cet or qui n'est pour vous qu'un agent corrupteu
Cet or qui soutient seul un courage menteur,
Cet or que vous voulez ravir à nos familles
Pour qu'il serve à bâtir vos quatorze bastilles !...

Oui, nous refuserons de donner notre pain,
Alors qu'il peut à peine assouvir notre faim...

Venez, pour le voler, ensanglanter nos villes !
Venez avec du fer forcer nos domiciles ?...
Le sang qui coulera, jaillissant sur vos fronts,
Peut-être y lavera tous les autres affronts ;
Peut-être même encor, pour injure dernière,
Il tombera du front à votre boutonnière,
Et quelques uns pourront, en le voyant.... horreur !
Confondre cette tache avec la croix d'honneur !...

Venez donc aujourd'hui, lâchement téméraires,
Dire à vos tirailleurs : « Méconnaissez vos frères...
« Soldats, soyez bourreaux pour servir nos desseins ;
« Secondez la police et tous ses argousins.
« Dans un lâche repos votre épée est ternie :
« Eh bien ! retrempez-la du sang de la patrie !
« Soyez les instruments de la servilité !
« Et quand l'Europe insulte à notre dignité,
« Quand au soufflet anglais nous tendons le visage,
« Dans l'émeute montrez quel est votre courage !...»
Soldats, pour rassurer des lâches alarmés,
Il est beau de sabrer des hommes désarmés !
Il est beau de tuer des enfants et des femmes !
Et puis, lorsque le sang dégoutte de vos lames,

Allez tendre la main aux hommes de la peur...
Le prix du sang se paie avec la croix d'honneur!..

. . . . . . . . . . . . . . . .
. . . . . . . . . . . . . . .

# VOUS NOUS AVEZ ÉLUS.

## CHANSON.

Pauvres petits, criez, lancez-nous l'anathème :
N'avons-nous pas des forts, des titres, des soldats?
Nos coffres sont garnis !.. Votre visage est blème;
Mais vous êtes manants, vous avez des grabats ;
Le ciel vous a donné des haillons de misère,
Des bras pour travailler : que voulez-vous de plus?
Vous nous parlez d'honneur ! cessez votre prière ;
Ce mot ne vous va pas, vous nous avez élus !

Messieurs du peuple un jour se sont mis dans la tète
Qu'avec de la bravoure on pouvait parvenir.
Pauvres fous qu'ils étaient !.. Nous avons fait conquête.
Ils nous aidaient ; ma foi ! cela devait finir...
Promettre c'était peu, nous l'avons fait de suite.
Nous régnons, ce me semble, et que faut-il de plus?
Vous nous parlez d'affront, de liberté détruite :
Ces mots ne vous vont pas, vous nous avez élus !

Allons, petits, allons! dormez bien. Sous la cendre
Vous brûleriez encore, mais l'on vous éteindra.

Quelques poignées de mains, des impôts à descend
Avec un mot tout doux cela vous suffira!
Si le peuple étranger veut nous parler de guerr
Nous saurons l'apaiser : que vous faut-il de plu
Taisez-vous et donnez votre obole dernière ,
Mais ne vous plaignez pas, vous nous avez élus !

CARLOS FRANK.

# AH! N'ALLEZ PAS ME COMPROMETTRE.

## CHANSON.

*Air :* De Turenne.

Mes chers amis, cessez donc de m'écrire,
Je vous dénonce au procureur du roi,
Car si la Charte a permis de tout dire,
C'est une erreur dont HÉBERT sait l'emploi ;
Et cette erreur coûte très cher, ma foi !
Devant les pairs on lirait votre lettre,
LAUBARDEMONT la tournerait si bien,
Que les mots seuls de *mon cher citoyen*
Pourraient encor me compromettre.

Mes chers lecteurs, vous qui savez mes titres,
Sur un feuillet n'écrivez pas mon nom ;
Le jeune auteur de *Je casse les vitres,*
Près le parquet n'a pas un bon renom,
Et le pouvoir est, sur ma foi, très prompt ;
Pour perdre un homme il ne faut qu'*une lettre ;*
Je puis demain dormir dans un cachot,
Complice d'un affreux complot ;
Ah ! n'allez pas me compromettre.

Si du pouvoir, victime involontaire,
Trente mouchards ont dans votre maison
Fouillé partout, sur cet acte arbitraire
N'écrivez pas; le plus fort a raison.
La liberté nous conduit en prison.
Surtout, lecteur, n'allez pas vous permettre
De vous nommer *en me serrant la main :*
En cour des pairs je puis passer demain.
Ah! n'allez pas me compromettre.

Ne dites pas, parlant sans artifices,
*Cher citoyen, on nous a tous vendus.*
Je deviendrais le chef de vos complices
Et nous serions tous ensemble pendus!
Aux écrivains de tels égards sont dus.
Vous auriez beau ne pas me reconnaître,
Un écrivain est complice moral,
Et quand au cou j'aurai le nœud fatal,
Cela pourrait me compromettre...

# HUMBLE SUPPLIQUE

## AUX

## COMMERÇANTS ANGLAIS.

*Air :* Sa Majesté n'a plus sa tête.

Vous que Satan partout conduit,
Anglais, prêtez nous assistance.
En écoulant vos vieux produits,
Faites passer nos pairs de France.
Alors pour la première fois
Nous bénirons votre puissance.
Vous vendez aux Indiens des rois;
Pour rien, donnez aux Iroquois
Nos ventrus et nos pairs de France.

Avec la Chine vos raisons
Par le bruit se faisant comprendre,
La Chine accepte vos poisons:
Nous pourrions aussi leur en vendre,
Nous pourrions leur vendre des lois,
Et vous faire ainsi concurrence;
Mais être amis vaut mieux, je crois.
Ah! pour nous vendez aux Chinois
Nos ventrus et nos pairs de France.

Votre opium vaut-il *les Débats*
Pour exciter la somnolance ?
Hébert ne surpasse-t-il pas
Laubardemont en éloquence ?
Débarrassez-nous à la fois
De Girardin et de Laurence.
Vous pouvez aussi faire un choix
Parmi nos députés sans voix,
Mais prenez tous nos pairs de France.

Prenez Bourdeau, célèbre pair,
Qui, pour soulager sa détresse,
En cotant son honneur bien cher,
A fait contribuer la presse.
Au lieu du fer vengeur des lois,
On mit de l'or dans la balance ;
L'or ne guérit pas, je le crois,
Mais il console quelquefois
Les ventrus et les pairs de France.

Pour en finir, braves Anglais,
Notre Charte sempiternelle
Est un mensonge sans succès :
Le jeu ne vaut pas la chandelle.
De septembre prenez les lois

Et le vautour plein d'arrogance ;
Prenez nos fripons aux abois !
Prenez . . . . . . ,
Et vous aurez sauvé la France.

6 janvier 1842.

# AUX CHRÉTIENS DU LIBAN.

Frères, n'attendez rien des soldats de l'Europe,
Dans son manteau de paix la France s'enveloppe
Guizot livre les mers aux pirates anglais,
Et nos enfants courbés sous des maîtres infâmes
    De nos soldats ont vu les lames
    Se rougir dans le sang français.

Il est bien loin ce temps où la chevalerie
Envoyait ses enfants aux plaines de Syrie;
Où le fier paladin à l'armure d'acier,
La croix rouge à son bras, s'élançait plein d'audace
    Et du croissant suivait la trace
    Sur son rapide coursier.

L'Arabe du désert, de vieux contes avides,
Se ressouvient encor de ces récits splendides
Sur l'humble ermite Pierre et le saint roi Louis
Et sur ces chevaliers aux armures brillantes,
    Plantant au dessus de leurs'tentes
    La croix sainte et les fleurs de lys.

Les fougueux maugrabins se rappellent encore
Que leurs pères ont vu briller avant l'aurore
Tous ces hommes de fer, qui, près des monts Libans,
Aux puissants osmanlis léguant des funérailles ,
    Jonchèrent les champs de batailles
    De cadavres et de turbans.


Des croisés le désert a conservé la gloire ;
Le simoun impuissant conserve leur mémoire,
Leurs ossements blanchis par les sables brûlants
Sont les derniers témoins d'une grande épopée
    Qu'une lame d'acier par le soleil frappée
    Tous les jours redit aux passants.


Qu'ils étaient beaux ces jours de grandeur et de gloire,
Où le courage seul décidait la victoire ,
Où sur de hauts cimiers le panache ondoyant
Se mêlait à l'aigrette , où lançant l'étincelle ,
    Le fer courbé de l'infidèle
    Croisait le fer du vrai croyant.


D'un peuple de héros la race est donc éteinte ;
L'enthousiasme est mort, et votre cause sainte

N'inspire à nos bourgeois qu'un timide intérêt ;
Personne ne s'émeut de vos vives alarmes,
    Nul chrétien n'a saisi ses armes,
    L'Anglais seul combat en secret.

Il combat avec l'or ; ses infernales ruses
Contre vous ont armé des brigands et des Druses
Sa main rouge agita le funeste tison ;
Pour voir en Orient sa puissance agrandie,
    Il étend partout l'incendie
    Et marchande la trahison.

Ne se souvient-il pas de ces grands jours splendides
Où, parvenus aux pieds des hautes pyramides,
Le chef dont le génie à réglé le combat
Fit triompher partout notre héroïque armée,
    Qui, digne de sa renommée,
    Acquit un immortel éclat.

L'Arabe se souvient du drapeau tricolore,
Drapeau libérateur sous lequel vint éclore
Chez un peuple asservi la sainte liberté ;
Et le soir, près du feu, dans la longue veillée,

Souvent son ame émerveillée
S'entretient du chef indompté,


Du Corse aux cheveux plats, aux regards pleins de flammes;
Du sultan dont le nom fait tressaillir les ames,
Du soldat qui posa partout son pied hardi;
Aigle qui s'endormit sur des rochers humides,
Laissant dans les déserts les souvenirs splendides
Du glorieux BUONABARDI.


Anglais, qui combattez avec de l'or, dans l'ombre,
Vous ressouvenez-vous de ce jour où le nombre
Aux plages d'Aboukir vous rendit nos vainqueurs?
Vous ressouvenez-vous de la lutte héroïque
Où notre jeune république
De son glaive froissa vos cœurs?


La France ne veut plus d'inutiles conquêtes,
Mais elle veut venger son sang et ses défaites!
Si Guizot avec vous a déjà fait le prix,
De nos braves soldats s'il a fait des gendarmes,
Les fers de nos cachots se changeront en armes,
Et nous déchirerons la robe du mépris.

Assez de lâchetés, de crimes et de honte !

Quand le peuple se lève, il fait justice prompte.

Frères, il peut venir l'étendart redouté ;

La France, de la Grèce a brisé l'esclavage,

    Et pour ranimer son courage

Il suffit de la gloire et de la liberté !

# VOUS SOUVENEZ-VOUS?

### ROMANCE.

Je suis parti le cœur plein d'espérance,
Déjà rêvant à l'heure du retour ;
Pour oublier les douleurs de l'absence,
Avec bonheur je songeais à l'amour.
Mais aujourd'hui, pour moi, plus d'heureux songe,
Plus de bonheur, plus de rêves si doux ;
Tout mon passé fut un brillant mensonge,
Oubliez-moi, je me souviens pour vous !

Le souvenir qui déchire mon ame
Vient aux regrets offrir un libre cours,
Si j'aime encor, pardonnez-moi, Madame,
Car je suis seul à pleurer mes beaux jours.
Triste jouet du sort et de l'envie,
Comme un esquif battu des vents jaloux
Je traîne ici les restes d'une vie
Que je ne puis passer à vos genoux.

J'ai vu s'enfuir tous mes rêves de gloire ;
J'ai trop souffert et je n'ai pu mourir.

Si du passé j'ai gardé la mémoire,
C'est qu'en mon cœur vous ne pouvez périr
Allez, bel ange, allez de fête en fête,
Livrez à tous ce sourire si doux ;
Que votre œil noir sur un autre s'arrête,
Allez, allez, je ne suis plus jaloux !

Depuis un an j'ai la même maîtresse,
C'est la misère ; elle est fidèle au moins,
Et mes douleurs, ma faim et ma tristesse,
N'ont pas trouvé de plus discrets témoins.
A mes côtés jour et nuit elle veille,
Elle est jalouse, et quand je pense à vous,
Avant la fin du songe elle m'éveille.
Oubliez-moi, je me souviens pour vous !